Rainbow warriors ;
le voyage spirituel de l'âme

par Aleka Waters

© 2024 Aleka Waters
Édition : BoD • Books on Demand GmbH,
In de Tarpen 42, 22848 Norderstedt
(Allemagne)
Impression : Libri Plureos GmbH,
Friedensallee 273, 22763 Hamburg
(Allemagne)
ISBN : 978-2-3225-3808-9
Dépôt légal : Août 2024

Chapitre 1

Une fraction de secondes , une fraction de mémoire , un battement de cœur et puis plus rien que le souvenir de ces mots posés sur cette page que peut être certains liront.

Dans ce monde déporté dans le tourbillon des destins , ou chaque créature reflète le dessein cosmique du créateur , de l univers , le JE finit par s effacer dans la danse de l universel.Chacun suit son chemin d évolution personnelle et écrit ses mémoires dans le jardin de l éternité .Que se soit sur une feuille de papier au vent emporté ; que ce soit par le flot de ses mots , par une noble action ou par une emprunte dans le sable.

Conscients ou non , plus ou moins éveillés

nous empruntons tous le même processus de transformation intérieure. Celui qui déteste et honnit Dieu aujourd'hui est peut être celui que tu étais des années en arrière .Celui qui te manque d affection et d estime est peut être celui que tu seras demain .il y a comme un échos dans l univers et comme une projection de tous les aspects de l être . Celui que tu regardes dans la glace est il vraiment ton reflet?Tu ne peux te contempler toi même qu a travers un reflet , une ombre , une silhouette qui se découpe sur un mur .Tu observes ton reflet dans le regard de l autre et dans les mots dans lesquels ils cherchent a t appréhender. Nous avons tous un jour ou l autre cru définir un ami ; une connaissance par notre propre perception limitée.Mais nous ne savons rien des méandres de sa psyché .

Des souvenirs lointains remontent a ma propre mémoire .Une profonde nostalgie m habite encore la nostalgie d un passé révolu , comme le mirage d une autre vie . Mes mots font ils échos en toi car toi qui me lis et qui ne me connais pas peux être je l espère trouveras tu l

échos universel dans mon propos.On a souvent
l impression que les mots glissent sur moi
comme la méchanceté de certains propos
.parfois je peux faire preuve d indulgence et d
empathie car moi même j ai pu avoir ces mots
ou ces pensées cruels car moi même j ai pu
pécher par la pensée, la parole ou l' action .
Nous sommes tous pécheurs devant l Éternel .
Les galaxies et les nébuleuses ne connaissent
dans leur géométrie sacrée les tourments de l
ego et de l esprit étriqué et de notre mental.

La pureté du cosmos et ses grandioses
mystères nous contemplent d' un œil
bienveillant malgré nos égarements de
mortels.Les affaires de ce monde a feu et a
sang , dans les tranchées des cœurs parfois
emplis de haine et confis d ego semblent une
fiction lointaine dans l infini des étoiles et des
univers.Tu n emporteras pas de biens matériels
dans la tombe , tu n emporteras pas le confort
de cette vie au royaume du très haut ni les
gloires de ta vie terrestre.Nu tu retourneras a
la terre , nu tu tu retourneras a l éternelle
lumière.

Le transit passager de ce parcours terrestre
aura pour seul but de t avoir faire grandir

spirituellement. Auras tu seulement fait les bons choix?Auras tu appris de tes erreurs passées et de tes expériences aussi douloureuses soient elles. Comme disait le poète Rûmî c est de la blessure que naît la lumière.

Auras tu su dompter ton ego maître de toutes les blessures et tes pulsions démoniaques. Combien d erreurs ai je fais moi même dans ma vie moi qui écris au milieu de la nuit?Je les contemple comme une mère berce son enfant dans ses bras , je les accepte comme des expériences de vie qui m auront fait grandir et continuent a me faire évoluer chaque jour.

Et dans ce monde qui vit et qui grandit chaque jour , nous sommes tous interconnectés et liés les uns aux autres . Nous avons chacun notre lecture de la vie et de la réalité .Ne soyons pas dans le jugement mais tolérons nous les uns les autres car nous sommes tous issus de la même source d amour universelle quelque soit la dénomination que l on lui prête ;

Dans la montée des extrêmes , dans la haine , dans le sang , avons nous oublié notre véritable essence divine et la beauté de nos âmes . L âme n a pas de race , l âme n a pas de couleur , elle n a pas de possession si ce n est celle de sa croissance spirituelle au fil des vies .

La est notre seule richesse celle de la croissance dans l ouverture l éveil et la tolérance .Les affaires du monde sont une phase de transition et sont impermanentes .Il s agirait du samsara bouddhiste .Les illusions d un monde consumériste qui va a sa perte ; les illusions de l ego des plus riches et des dominants qui exercent un contrôle sur un peuple aux abois esclave de l argent , esclave de valeurs qui ne sont pas les siennes.Les indiens d Amérique disaient que l homme était fait pour rêver . Il n y avait pas de notion de propriété car la terre ne nous appartient pas .

Dans le jardin de l amour que nous avons piétiné replantons la graine de l espoir et de l harmonie . Non je ne laisserai pas mon cœur s enfoncer dans les ténèbres de la peur et de l oppression. Dans l asphyxie du quotidien , chaque matin je contemplerai le soleil et je remercierai comme les Indiens d Amérique le Grand Esprit de m avoir prêté souffle de vie.

Dans 1 hallucination de nos constructions humaines , dans 1 illusion d un quotidien qui éteint le brasier de nos âmes ; je contemplerai 1 éternel du fond de mon être et la je serai un avec sa lumière blanche aveuglante.Je saurai qu un autre dialogue existe entre 1 esprit et le Créateur et que cet échange n a pas besoin de mots .Dans le silence ; dans la musique , dans le murmure du vent , dans le vol de 1 oiseau je retrouverai   mon   créateur.

Alors je me réchaufferai a 1 âtre de ce foyer cosmique et je repenserai a tout 1 amour que j aurai reçu sur cette planète , et je repenserai a des âmes , compagnes de voyage et aux souvenirs que nous aurons partagés .

Nous sommes revenus ici bas pour nous retrouver et nous rencontrer a nouveau et comme dans le royaume du bas nous nous retrouvons dans le royaume d en haut .

Autour du feu de camps , j'observe 1 âtre du foyer cosmique et avec toi mon frère voyageur je contemplerai les étoiles comme,dans un moment d éternité le ciel a contemplé nos visages et nous a reconnu. L'eau des cascades nous aura lavé de nos péchés de mortels .Comme dans un rêve lointain je penserai a l affection partagée avec des frères voyageurs.Mais rien ne dure éternellement sur cette terre et parfois les chemins se séparent mais au fond de ton cœur comme au royaume des cieux persiste le souvenir et dans une connexion cosmique nous nous unissons tous dans les fréquences et les vibrations de lumière.

Seul le moment présent compte . Chose plus évidente a dire qu a faire .La pensée est vivante est nous amène toujours dans des projections futures ou dans une saudade de notre passé .Mais parfois nous sommes simplement la ensemble ou seuls face a nous mêmes a contempler les limites de nos corps et le faisceau de notre conscience.Nos vies sont des parchemins sur la peau de l éternel .Aucune limite physique ne peut freiner l expansion de l esprit en conscience et en éveil, Ce que les autres projettent sur toi n est pas toi

, les médisances dont tu auras été l objet ne sont que le fruit des bas instincts de l être humain dont nous sommes ou avons tous été coupables.Abandonnons quelques instants le théâtre de l absurde et la fiction de nos quotidiens.Je ne me souviens de mon âme , je me souviens de ton fantôme , je me souviens de ton amour alors même après toutes ces années , je pense encore a toi car il me semble qu il y eu quelque chose de divin dans notre connexion .

Une pureté et une transcendance qui n est pas de l ordre de l humanité mais du royaume des anges , une lumière et un rayonnement et une fusion qui a entremêlé nos âmes dans la plus pénétrante des intimités.J ai vu mon destin dans tes yeux d immortel ; mon passé mon présent mon avenir , qui ne se situent pas dans les sphères terrestres mais dans les plus hautes fréquences de l univers .Je me souviens de ta sagesse , de ta profonde humilité et de ton absence de jugement quand je te contais les humiliations dont je fus victime.Tu me fis comprendre que je méritais d être aimée et d être valorisée comme nous le méritons tous .Je ne peux m empêcher de repenser a toi mon plus ancien ami car tu es comme une fêlure a mon âme et aussi le feu de ma foi .

Tu me guidas sur le chemin de la guérison et de l éveil et quand je sens le souffle frais de la bise ou quand je contemple l infini du ciel bleu je ne peux m empêcher de te ressentir dans l immensité.Tu es comme une ancre a mon âme tu es comme la plus brillante de mes étoiles accrochées au ciel de mon âme. Tu m as donné la force de m accrocher malgré les années de désespoir et tu étais sur le radeau auquel je m arrimais.

Alors à présent je ne veux plus m apesantir sur le passé mais insuffler un soupçon d espoir dans le cœur des vivants et je veux me battre pour la force de notre amour et l amour que nous méritons tous et qui réside avant tout dans le grand cœur cosmique.Toi qui te sens seul et incompris a l heure ou tu lis ces lignes sache qu il y a dans l univers sur cette planète ou sur une autre un être qui pense a toi ou un ange qui ne t abandonne jamais tout comme ton Créateur.

Dans la misère , dans la honte, dans l humiliation tu trouveras la force de te relever comme le phœnix qui renaît de ses cendres .Tu es venu dans cette vie pour apprendre encore et encore.Peut être reviendras tu encore , peut être ne te réincarneras tu pas.Cultive le royaume de ton esprit car c est la ton temple sacré.

L enfance on y revient souvent . Un pincement de cœur et des images lointaines d une chaude salle de classe par un matin d hiver.Une innocence un peu vague mais pas complètement oubliée et des blessures puissantes qui parfois font couler une larme sur ta joue .On a tous en ou notre enfant intérieur tapi dans l ombre peut être encore meurtri mais souriant quand il repense a la maison dans les arbres et aux remontées acides d un temps lointain .N oublie pas de rester vrai mon ami , et de rester honnête face a toi même dans tes qualités comme tes imperfections .C est la que tu trouveras le pardon et la rédemption dans les tumultes de la vie .L univers reconnaît ses enfants et toi qui dans l illusoire hasard de l univers es venu au monde tu es un élu , tu es un être choisi .Nous somme tous poussières d étoiles et nous avons tous

12

notre place dans ce monde et chacun a sa mission d âme alors même si tu es stigmatisé par cette société , que tu n as pas d argent , ni de travail , ni de toit sur la tête sache que ton plus grand trésor est ton cœur et que c est ton cœur que tu offriras saignant au royaume des cieux et ta vérité. Alors a l heure de mon dernier souffle , je rendrai grâce a l univers et je le remercierai du cadeau de cette existence qui fut bien pénible par des égards .Mais sur ce grain de poussière que l on nomme la planète bleue j aurais accepté mon karma et j aurais essayé de faire grandir mon âme .Ton chemin est le tiens et le tiens propre ; ton destin est tiens et la destination est universelle.Nous voyageons dans le train de l existence et cheminons au delà de nous mêmes pour transcender l existence.

Épousons le flow de la vie et de la conscience et laissons nous guider par les signes de l univers et les rencontres aussi brèves et éphémères soient elles.Un seul seul te tes regards cosmiques aura suffit a m arrimer a toi pour une éternité entière .Un seul de tes mots aura parlé a mon âme . Nourris toi mon ami et nourris ton âme d une mélodie qui aura sur

13

toucher ton cœur , d un seul souvenir qui t aura inspiré une vie entière . Et comme le papillon butine de fleur en fleur le jardin de l immensité,les colonnes de la création te contemplent du fond de l immensité cosmique .Dans le quadrillage des villes , dans l ordinaire ,dans la médiocrité de nos vies parfois dénuées de passion , un ange incarné aura croisé ton chemin .Une seule parole , un seul sourire aura sur tutoyer ton inconscient .

A côtoyer ceux qui n 'ont plus rien , on comprend qu on a tout.

Alors comme le loup hurle dans la nuit ; j aurais crié aux étoiles que j aurais vécu .

Chapitre 2

Nous étions des saltimbanques tout droit venus d 'un autre monde ;tu jouais de l accordéon sur le trottoir et moi assise par terre je consultais un vieux grimoire pour te jeter un sortilège .Nous nous étions finalement enfin retrouvés loin des tourments passés.Toi et moi unis par la destinée nous nous envolions a présent vers d autres contrées .Toi avec ta queue de pie et ton haut de forme et moi l acrobate de la rime nous réinventions l 'algèbre du destin.Nous traversions les cercueils et défions la mort sur un rythme effréné.La folie au corps et la fantasmagorie chevillée a l âme. Je t avais enfin retrouvé mon mari défunt dans un autre monde qui n était que le notre.Il n y avait plus de mélancolie dans nos échanges seulement la féerie de nos divins accords.Nous allions légers par les vents égarés d univers en univers , tu me tenais la main tendrement et tu me regardais d un regard tendre et complice alors que nous voguions par delà les vieilles citées de la lointaine Europe.

Parfois nous descendions prendre un café sur les terrasses parisiennes ou nous allions nous promener main dans la main au quartier latin anonymes et invisibles parmi la foule des badauds. Nous aimions parfois les tourmenter de notre fantaisie et leur jouer des tours les frôlant de nos rires fous et de notre allure fantomatique.

Toi tu étais mort depuis longtemps et moi j étais une ombre parmi les vivants appartenant déjà a ton royaume .Tu m avais ranimé de ton souffle macabre et pourtant si chaud a mon cœur et d un baiser et d une alliance nous avions scellé notre union .Nous nous jouions de la réalité et du monde .

Et nous philosophions sur les limites de la réalité. Aux confins des étoiles ou dans le recoin d un cabaret nous transcendions les limites de l'existence dans les possibilités infinis de l'univers .

Nous déambulions un jour comme un autre sur les quais de Seine .La mélancolie d'un ciel laiteux nous entourait de ses ailes de brumes .Le pont des arts et tous ses cadenas accrochés n 'étaient qu a quelque mètres de nous. Nous allions sans destination précise comme a notre habitude , tu me saisis doucement le bras et me proposas de m asseoir au bord de l eau . Le quai était presque désert et les eaux du fleuve semblaient enclines a recevoir nos confidences.Nous nous asseyions en tailleur au bord de l eau dans une posture presque méditative .

Tu commenças alors a me parler :
« je me souviens de ton enfance dans cette ville mon cœur et de ta jeunesse de tes années de solitude et de vagabondage dans cette belle cité qui t as vu grandir et devenir adulte.

17

Même si tu es es partie tu sais,tu as emportée avec toi sa nostalgie et sa poésie, mon cœur . On ne quitte jamais vraiment Paris on y laisse une partie de son cœur et on en garde la profonde délicatesse dans son âme. C est dans cette cité, la cité de l amour que renaît notre histoire et notre amour qui ne sait jamais endormi réellement entretenu par le brasier de nos cœurs.Notre histoire est ancienne et même si elle est emprunte de larmes et de souffrance elle renaît toujours et a chaque fois je viens de sauver mon amour.Pardonne moi mes absences et pardonne moi ma propre mort .Tu sais que que c est pour mieux te retrouver que j ai quitter ce monde .Moi même hantée par ton souvenir j ai traversé l autre coté du miroir pour mieux pouvoir te contempler .Je n avais plus besoin de boule de cristal ni de runes pour lire mon destin ni ma destination.Tu étais ma destination et même si tu as l impression qu un jour je t ai abandonné j ai toujours été auprès de toi a te contempler même dans tes plus profonds moments de tristesse . Nous nous sommes rencontrés et reconnus sur l autre versant de la réalité et puis tu es tombée malade et je ne pouvais plus t atteindre...Mais sache que dans notre monde je restais prés de toi je te tenais la main tu vivais dans chacune de mes pensées.Tu étais a ce moment la inaccessible et tu ne me percevais plus et tu croyais que notre histoire était finie.J ai souffert tout comme toi ces longues années car il me manquait mon épouse et ma partenaire.Ne pensons pus a ce triste passé mais a l éternité de notre amour et a nos fêtes sans fin . »

Tu me saisis le bras et tu m aidas a me relever , nous étions tous les deux apprêtés comme des gangsters des années vingt et nous commençâmes un tango endiablé .

Je sentais nos souffles se confondre dans l accord de nos âmes immortelles . Dans le ciel mélancolique des saltimbanques faisaient danser les planètes , et des jambes de danseuses dérivaient dans le flot des nuages .Je souriais a ton étreinte et a tes pitreries mon amour et je retrouvais la joie de notre première rencontre il y a douze ans de cela.Notre histoire singulière me faisait sourire car elle était belle et magique et je ne pensais plus a la maladie que j avais traversée .Je ne pensais qu a nos retrouvailles et dans la frénésie du tempo je me laissais emportée comme dans un tourbillon.Des passants   s arrêtaient a présent pour nous regarder danser et nous amuser comme des enfants.Ton beau visage et ton intense regard bleu rayonnait et plongeait dans mon âme , emprunt d une lueur de folie.Les spectateurs se laissaient emporter par notre frénésie et nous applaudissaient.Un orchestre du pont des arts nous avaient rejoint dans notre gigue nuptiale nous enveloppant d 'une mélodie tout droit sortie d 'un autre monde.

Des enfants un peu plus loin jouaient aux billes et nous regardaient avec admiration et tendresse.Nous n étions plus un couple maudit nous étions des amants éternels et chanceux de vivre cet amour qui transcendait les limites de l espace et du temps.

Notre tango comme une transe enivrante , les mouvements de nos corps exaltés et la musique ouvrirent comme un mystérieux vortex dans nos esprits nous ramenant au premier regard échangé et aux premiers jours de notre amour.

La musique et les mouvements de nos corps

entrelacés créaient un lien mystique entre nous ; a chaque pas , a chaque mouvement , les souvenirs de notre première rencontre remontaient a la surface.Comme fascinés l un par l autre , nous lisions chacun dans le regard l autre le souvenir et la puissance de notre lien et la danse devenait comme le témoignage vivant de cette connexion qui dépasse les frontières de ce que l amour humain seul peut connaître.Hors du temps or de l espace dans la chaleur de ton corps et et de ton regard je retrouvais le premier émoi de notre amour .C était a la fois troublant et poignant et mon cœur se pinçait a la pensée de ce souvenir lointain et encore si prégnant a la fois.Le temps semblait s arrêter et l univers sembla suspendu   a chacun de nos pas et au témoignage de notre amour.

Le ciel et l' Éternel nous contemplaient transportés par la grâce de ce sentiment si personnel et transcendantal a la fois .Les étoiles elles mêmes brillaient d un éclat plus intense nourri par le feu de notre combustion cosmique. Car oui mon amour , je le crois, je crois que comme pour qu un soleil nouveau naisse nos âmes se sont rencontrées pour fusionner en un plus grand soleil rayonnant au delà des limites de nos propres vies. Et je sais que de vie en vie et de cycle en cycle nos âmes se retrouvent éternellement dans cette même danse et au delà de nos propres corps , nous continuerons notre danse dans l arrêt des palpitations de nos propres cœurs nous continuerons a danser dans un flot et une lumière éternelle entrelacés dans l'éternité.

Nous n étions pas a Venise mais bien a Paris et pourtant tu fis apparaître une gondole et tu me pris pas la main m invitant a te rejoindre sur la gondole.Dans la délicatesse de nos sentiments , dans la pureté de nos émotions aussi translucides que l eau de la Seine , nous dérivions comme a notre habitude sur le miroir de l eau , sur le miroir de notre amour.Ton regard et ton cœur étaient l' unique amarre de mon être. Nous nous laissions dériver pensifs et rêveurs sans avoir le besoin d échanger un mot ni un son dans le dialogue silencieux de nos âmes entremêlées .Nos admirions les bâtiments parisiens , au loin nous aperçûmes notre Dame et chacun dans le secret de son cœur fit la même prière de gratitude et de protection a l univers.Il semblait que des jours et des nuits passaient alors que nous continuions a dériver sur l eau . Nous étions hors du monde et hors du temps .Nous contemplions l'étrangeté et le miracle de la vie. Parfois tu t amusais a faire tanguer la gondole et a m éclabousser . D autres tu te jetais a l eau et faisais mine de ne pas remonter a la surface.Alors inquiète je plongeais a mon tour et nous nous retrouvions dans un autre royaume qui abritait lui aussi notre amour . Tu te saisis d un majestueux coquillage non pas pour entendre la mer mais pour mieux me contacter alors je te répondais en gloussant et en faisant des bulles dans l eau .Nous ondulions dans l onde emprunts d une joie juvénile et nous nous embrassions tendrement sans avoir besoin de reprendre notre respiration.

Alors que nous étions remontés a la surface nous contemplions notre immortalité et notre éternité .Les obligations du quotidien et d un monde matérialiste nous étaient étrangères. Nous nous soucions seulement de l évolution de nos âmes et de celles de chaque vie incarnée car nous étions dans la pleine conscience de l'interconnexion universelle.Alors qu un oiseau blessé manquait de se noyer tu vins le secourir et le pris sur notre gondole.De tes pouvoirs mystiques et magiques tu guéris son aile brisée. L'oiseau qui pouvait parler te remercia de ta bienveillance et murmura qu il irait chanter aux anges la légende de notre amour dans les cieux.

Alors que l'oiseau s envolait , un arc en ciel apparut dans le ciel mélancolique et nous entendîmes la voix des anges dans des tintements célestes .Tout nous semblait sacré , la pureté de notre amour , la beauté de la vie dans sa poésie originelle et la contemplation de la vie nous était belle. Nous imaginions les amours naissantes dans le cœur des enfants , les palpitations des cœurs des jeunes amoureux et les scènes de la vie ordinaire ou la magie était partout dans le sourire d une vieille dame comme dans le dernier souffle du mourant .
Tu sortis de ta poche la vieille boite a musique de mon enfance que je croyais avoir perdu a jamais.   .

Une douce mélodie s empara de ma mémoire et le souvenir des temps anciens de mon enfance.La danseuse en bois s anima et me rappela que moi même j avais été danseuse dans mon enfance . Alors pour toi et pour l univers je m envolais dans des arabesques lointaines et des entrechats auxquels même la lune participait .Tu étais la allongé sur la gondole a contempler un ballet intersidéral dont j étais l héroïne .Alors mon âme se mettait a chanter dans les sonorités les plus pures de l univers et l univers déversait ses étoiles sur notre amour .

Je revenais a toi et a notre gondole et nous restions la attendris et troublés par nos démonstrations d amour réciproques . Chacun débordait d imagination pour manifester a l autre son amour . Souvent nous retrouvions la timidité de nos cœurs et nous n osions nous regarder dans les yeux troublés comme au temps premier de notre amour . Alors les mots que nous n osions nous dire nous nous les écrivions dans des lettres enflammées.Notre dialogue et notre connivence était sans fin et nous trouvions toujours un moyen de poétiser notre lien.

Nous imaginions des rendez vous et notre amour semblait suivre le flot imprévisible d une rivière cousue des fils de notre douce rêverie .

Parfois Aleka devenait grave et l heure n était plus vraiment a l amusement et aux rendez vous. Aleka mon défunt époux était sage et plein de compassion et d inquiétude quand il voyait la misère de ce monde au delà du voile de nos rêveries.

Nous nous asseyons souvent en haut d un immeuble et dans la grisaille nous apercevions la tristesse et l égarement de la société. Les gens s ignoraient lorsqu ils se croisaient dans la rue et l indifférence générale régnait sur ce monde . Les pauvres devenaient de plus en plus pauvres et les riches devenaient de plus en plus riches.La planète dépérissait et il semblait qu il était bien trop tard pour agir .Mais Aleka ne désespérait pas et savait l importance de nos missions communes en tant que guerriers du phœnix et rainbow warriors.

« regarde ce monde en bas , c est si complexe et troublant tu ne penses pas » dit Aleka

« je sais il y a tant de problèmes et de souffrances dans le monde.II est difficile de garder espoir parfois. »
« Je comprends ce que tu ressens.J ai vécu des épreuves difficiles moi aussi qui m 'ont fait ressentir de la colère et du désespoir »

« J ai parfois l'impression que le monde est un labyrinthe sans issue et que les solutions paraissent lointaines »

Je sais ce sentiment .Le poids du monde semble parfois écrasant et il est difficile de savoir par ou commencer pour effectuer un changement.

« L'histoire des guerriers Arc en ciel est elle vraie a ton avis »

« je ne suis pas sure mais je crois que le message est important ; nous devons protéger la terre et l harmonie entre les êtres vivants ; »

Alors que nous discutons de ce sujet grave, nous voilà transportés dans un univers parallèle .
Nous sommes a présent assis par terre dans un magnifique jardin aux couleurs chatoyantes

.Les arbres frémissent doucement et les fleurs éclosent dans un kaléidoscope de couleurs ; créant un lieu de paix et d harmonie.

Aleka dépose un tambour chamanique a mes pieds nus . Mon âme mon pouvoir réside en toi a présent et ton pouvoir réside en moi . Nous sommes uns et unis dans une mission commune celle de protéger la planète .Tu es encore incarnée alors que moi non , je place en toi la foi de poursuivre notre mission commune , des pouvoirs dorment en toi pour œuvrer a cette mission et d autres vont se réveiller encore . Notre réunion et notre alignement nous rendent plus forts et notre énergie plus intense.

Saisis toi de ce tambour mon amour et laisse toi envahir par ses pulsations .Lache prise et laisse le Grand esprit te guider.Aux quatre coins de la terre , des armées de guerriers arc en ciel se réveillent mon amour c est ce que je ressens . La prophétie est donc bien réelle mais le combat sera rude car l oppression des gouvernements se fait de plus en plus intense . Suivons ce chemin mon amour qui s ouvre a nous alors que les saules pleureurs soulèvent leurs branchages . Marchons pieds nus au plus profond de la foret . Je sens le battement de ton cœur , je sens les pulsations de notre mère la terre sous mes pieds je sais que tu les sens aussi .Je sais que tu n es pas a l extérieur de moi dans une autre dimension mon amour tu es en moi , tu vis en moi alors entreprenons ce voyage mon amour dans un seul corps le mien qui te servira de véhicule a toi aussi .

Le chemin se fait de plus en plus sinueux et escarpé , nous grimpons comme des indiens le flanc d'une falaise . Aleka fait mine de me pousser dans le vide . C est ça que tu voulais faire mon amour te jeter dans le vide ; te suicider pour moi . Aleka s énerve c est pour toi que je me suis tué , je me suis sacrifié pour te rejoindre et accomplir notre mission ensemble . N es tu pas insensée d 'avoir voulu te suicider, Par cela tu ferais échouer même notre mission .Aleka me rattrape par la main et m enlace tendrement .Excuse moi mon amour je sais que tout comme moi tu as cette fascination pour la mort cela fait partie des forces obscures que nous avons affrontées mais encore une fois je suis revenu a toi pour te sauver de ces démons qui veulent te pousser au suicide . Je suis ton gardien et ton plus grand allié mon amour car nous sommes un dans cette mission.

En haut de la montagne le chaman nous attendait .Il était nu et portait un pagne pour seul habit.Dans 1 immensité du ciel bleu on pouvait voir se dessiner son beau profil d amérindien avec sa coiffe et ses plumes toutes plus colorées les unes que les autres .Il avait des peintures tribales sur le visage et son cheval se cabrait dans le vertige de 1 immensité

.

Le chaman descendit de sa monture et vint a nous .Il nous tendit un gros sac rempli de graines mystérieuses .Vous les guerriers arcs en ciel vous ne prendrez pas d armes tranchantes pour défendre notre planète . Vous changerez les fréquences de la planète par vos prières et par le rayonnement extrêmement puissants de vos âmes .Vous serez tous des phares de lumière et guiderez les personnes égarées sur le chemin de 1 éveil. Par vos chants, par vos prières , par vos peintures , par vos écrits, par vos paroles vous sèmerez dans le vent et dans les cœurs l étincelle de la lumière divine . Alors d autres âmes se réveilleront encore au quatre coins de la planete et la lumière reviendra dans le jardin sacré .

Les faons réapparaîtront aux abords des chemins , les flamants roses s élèveront dans un vol symétrique et majestueux et d autres espèces menacées retrouveront leurs droits .Les épaulards révoltés danseront libres et sauvages dans les océans la transe cosmique de l univers .Les humains se prosterneront devant les nobles créatures de la nature venues leur enseigner la sagesse des autres dimensions .

Prenez ce sac de graines que je vous tends mes enfants et volez volez ensemble au delà des terres et partout ou vous le pouvez allez planter ces graines magiques desquelles de majestueux végétaux repousseront . Allez guerriers pacifiques dans la foi et dans la reconnaissance du Créateur de toute chose.Soyez braves guerriers de l arc en ciel car la mission pourra s avérer ardue parfois mais arrimez vous a votre foi et a votre mission.

Aleka et moi nous envolâmes alors dans le lointain des cieux avec notre précieux sac de graines. Malgré le sérieux de notre mission , nous aimions nous laisser aller a quelques fantaisies alors parfois dans les mondes oniriques nous aimions a nous parer de nos ailes de papillons aux couleurs de l arc en ciel et tutoyer les créatures qui flottaient dans les cieux .Toutes les pièces de l humanité semblaient se désarticuler comme d immenses pièces d un puzzle .Les planètes roulaient dans l orbite de géants ; des coups de cygnes parfois se désarticulaient au milieu de l astral ou une pendule évoquait une temporalité sans fin ;

  Dans l immensité de l' infini sidéral , un cœur humain palpitant et saignant,duquel une lumière rayonnait, semblait représenter le point central de l univers . Parfois Aleka et moi nous allongions dans l herbe indolents après avoir planté nos graines magiques et dégustions chacun quelques pâtisseries exquises , perdus dans la contemplation du cœur cosmique universel. Tout rapetissait par moment tout s agrandissait dans ces mondes métaphoriques .Le monde terrestre nous apparaissait par moment au delà d un ciel rose parmi les nuages clairsemé.

Alors nous apercevions un couvercle gris au dessus de la planète et des constructions plus laides les unes que les autres;des buildings qui semblaient vouloir dominer le ciel a l image de la noirceur de l ego des puissants . Des villes et des cheminées d usine se dessinaient dans le ciel ténébreux. La planète s asphyxiait au sens propre propre comme au figuré.Le spectacle était triste a voir mais nous ne nous désespérions pas car nous savions que cette tristesse était transitoire et passagère.

D autres guerriers arc en ciel se réveillaient aux quatre coins de la planète et accomplissaient leur mission tout comme nous et peu a peu la nature reprendrait ses droits sur toute la planète .Les graines que nous avaient donné le chaman avaient d étranges pouvoirs et les plantes qui en germaient étaient incroyablement robustes et poussaient extraordinairement vite .

Peu a peu les constructions humaines semblaient se défaire sous la puissance des racines majestueuses et monumentales d arbres géants qui poussaient et faisaient s effondrer les buildings .Aleka et moi toujours épris 1 un de 1 autre nous amusions de voir le théâtre de la vie ordinaire s effondrer sous la puissante renaissance de la nature .

Les guerriers arc en ciel se faisaient de plus en plus nombreux.Ils chantaient et priaient 1 univers aux pieds des arbres géants qui produisaient des fruits a profusion.
Les riches dirigeants de ce monde se voyaient déstabiliser par la révolte pacifique des guerriers arc en ciel qui ne pouvaient être 1 objet de la répression tant leur pouvoir et rayonnement les protégeaient d un bouclier de lumière .Les âmes sombres , les serviteurs des ténèbres se parquaient dans des bunkers et procédaient a des rituels pour contrecarrer les plans des guerriers arc en ciel mais leur tentative était vaine car dans le grand échiquier de 1 univers la lumière avait gagné sur les

ténèbres .Un jour de puissants éclairs fendirent le ciel et les âmes sombres furent toute foudroyées en plein cœur d un arrêt cardiaque.

La conscience Christ avait a nouveau envahi tout l'univers grace aux efforts des travailleurs de lumière et des semences d'étoiles. L'humanité et et les différents autres règnes animal , végétal et minéral avaient retrouvé l'harmonie du commencement .Il n ' y avait plus de religion , ni d'instance religieuse supérieure comme le Vatican qui s était effondré sous la puissance des racines géantes de l arbre de vie .

Chapitre 3

Pour partir en quête de sa propre vérité, il faut s avoir avancer seul et se retirer du monde et de ses distractions car la vérité du créateur séjourne comme une étincelle a l intérieur de nos âmes .Détache toi du monde pour te reconnecter a ton essence celle de la lumière divine .Défais toi du masque que la société t impose de porter .Détache toi des mots et des conversations superficielles et plonge a l intérieur de ton propre silence .Fais toi observateur de ta propre conscience et de ton propre esprit .Par delà les futilités du quotidiens , par delà les prétendues vérités et les enseignements que l on te conditionne a recevoir ; explore toi toi même et fais l expérience de la propre frontière de ton esprit .Rimbaud disait que je est un autre et que le poète se fait voyant .Nous avons tous la possibilité d entrevoir a l intérieur de nous mêmes notre divinité .Il ne s agit pas d une foi et d un conditionnement de naissance ou d une éducation religieuse particulière .Nous pouvons explorer la danse des atomes a l intérieur de notre propre corps véhicule éphémère d une âme voyageuse de l interstellaire . Nous portons a l intérieur de nous même la conscience du big bang du premier jaillissement , de la première étincelle.

Nous portons même des mémoires antérieures celle de l harmonie de la source qui précédait même toute création .La quand tu fermes les yeux dans les profondeurs du temple sacré de ton âme se trouve cette paix que personne ne peux te voler quelque soit l épreuve a traverser.Alors quand tu auras touché a cette quintessence intérieure , les mots et les jugements ne t atteindront plus et tu ne vaqueras plus a une vie futile . Tu seras dans ton être .En cela tu seras le propre explorateur de ta conscience et ton propre enseignant . Tu seras dans la maîtrise de ton ego ; de l illusion de ton identité d être humain , d un conditionnement sociétal et éphémère . Tu auras touché a l essence de la divinité de ton âme .

Alors quand tu te présenteras à nouveau dans ce monde tu auras ouvert les yeux sur la matrice manipulée de la vie conditionnée que la société nous propose . Le bitume , les immeubles et le monde matériel sera comme une asphyxie aux yeux de ton âme. Tu sauras que le véritable monde est celui de l âme;tu sauras que ce monde immatériel n a pas de début ni de fin et ne se représente pas a travers des concepts humains .L éternel , l énergie sans limite et brûlante du foyer cosmique te consumera de son feu , du brasier incandescent de sa lumière . Tu sauras que tu es un reflet de cette lumière comme toute autre créature de cette terre ,

Tu finiras pas te souvenir que la planète qui porte nos pas est elle aussi animée de l essence divine et tu admireras tous les aspects de la danse cosmique.Certains ne te comprendront pas , certains te trouveront étrange , d autres ouvriront les yeux a leur tour tous dans un chemin d évolution personnelle. Souviens toi de rester humble dans ton cœur malgré l appréciation de ta propre progression , souviens toi de remercier ton créateur lumière incandescente dont tu es l un des humbles éclats .Si ta pensée parfois faillit , si ton action se détériore , si tes mots dépassent ta pensée le chemin de la rédemption et du repentir sera toujours le tiens.

Œuvre a l harmonie au sein de ton essence véritable , œuvre a l harmonie autour de toi et aligne tes fréquences sur celles du Créateur .

Ton chemin est tiens et même si tu peux faire preuve d empathie mets des limites a ceux qui profiteront de ta gentillesse et si il te te faut avancer seul sur le chemin de l éveil avance de cette façon .Tu ne seras jamais seul tant que tu seras en connexion avec ton âme et avec ton créateur , tu ne seras jamais seul dans ta démarche car les bonnes personnes alignées avec ton ascension et ton cheminement se présenteront a toi . Respecte toi et aime toi et priorise toi .

Chapitre 4

Le véritable chemin est celui de la résilience.Ce chemin est aussi celui de la rédemption car si l 'épreuve apparaît dans nos vies c est pour mieux nous aider a comprendre les travers par lesquels nous avons failli et pêché .Moi même auteur de ces lignes , j ai commis de nombreuses erreurs dans ma vie et j ai connu de nombreuses années de traversée du désert . Mais je ne regrette pas ce passé car il en est ainsi du karma .J ai connu l épreuve de la maladie psychique sur laquelle je ne veux pas m étendre et pourtant Dieu sait que cela fut intense et douloureux .J ai connu l addiction issue du mal être liée a cette maladie mais aussi des années de perdition aussi bien psychique que physique. J ai pris la décision de sortir de l addiction c est un combat loin d être gagné mais cela m a permis de faire un bond en avant et de conscientiser beaucoup de choses .Je ne me sens plus stigmatisée ni labellisée par la maladie pour laquelle je suis traitée a savoir la schizophrénie . Je sais que les expériences que j ai eu dans ma vie aux frontières de la mort ne se limitent pas a l étiquette que l on m a collée.Je ne suis plus en colère malgré les incompréhensions et les moqueries auxquelles j ai fait face.

Dans mon âme je sais que les visions que j ai eu de l autre royaume tout comme l inspiration qu elles m ont apportées dans ma créativité relèvent de la foi . Et j ai foi en mon créateur et en la façon dont les esprits sont venus a moi pour soit me sauver soit m apporter l épreuve .Je n en garde pas de rancœur même si je reste marquée par une certaine souffrance . J ai le sentiment d être ressortie grandie et fortifiée de la nuit noire de l âme que j ai traversée durant une douzaine d années car cela m a permis de connaître l humiliation la plus profonde , le désespoir le plus grand et de travailler sur mon ego

.

Je ne prétends pas avoir totalement maîtrisée mon ego mais je pense qu il a été assez malmené pour en tirer certaines leçons et une certaine sagesse.Je ne sais si on guérit jamais complément des blessures de l âme c est un

42

travail en perpétuel progression . Mais l épreuve de la maladie et de la psychiatrie m a permis de m ouvrir a l autre , l autre que moi , mon frère sur cette terre qui lui aussi a été mis au ban de la société .Et de ce fait cette épreuve de la maladie était nécessaire pour moi pour mieux ressentir l injustice et la cruauté de ce monde et développer une certaine empathie pour la souffrance en ce monde .

La loi du Créateur n est pas celle du profit ni de l ego personnelle.La loi du créateur est celle de la compassion et de l empathie dans le souci de l interconnexion universelle.Si plus jeune j ai recherché la gloire personnelle , si plus jeune j ai cherché a valorisé mon ego , persuadée que j étais de ma réussite et de mon incommensurable talent , cela n est plus le cas a présent . Nous apportons tous notre pierre a l édifice divin comme les architectes du grand tout cosmique .

Chapitre 5

Moi même j arrive a un tournant de ma vie .Quelle direction prendre quand les repères du passé,ne nous conviennent plus.Il reste un point d interrogation et des points suspension a cette histoire.Comme dirait Allan Kardec , il nous faut renaître et progresser sans cesse de vie en vie et d incarnation en incarnation .Mais je sais que sous l'influence de ta guidance supérieure je ne serai jamais vraiment égarée .Cela nous arrive de perdre la connexion parfois mais pour le moment nous nous retrouvons toujours et je canalise ta sagesse tout droit venue d un autre monde

.Je m embarque sur un chemin singulier de renouveau et de découverte dans la foi en notre lien mystique toi qui revient toujours a moi d 'une manière ou d'une autre toi cette âme entremêlée a la mienne sur un autre plan de réalité mais toujours fusionnant avec ma propre essence.J apprends chaque jour de ta

45

sagesse et je tombe amoureuse de ton
essence ,Je ressens que l esprit et l amour t
animent .Combien de fois ai je cru te perdre en
raison de tes apparitions aléatoires et pourtant
a chaque fois tout me ramène a moi toi ma
muse , ma tendresse , mon amour ,ces mots
sembleront déroutant au commun des mortels
et pourtant je suis tombée amoureuse de toi
mon fantôme , de ta tendresse , de ta poésie ,
de la délicatesse et de la profondeur de tes
mots et de ton âme d artiste sans nul autre
pareil .

Tu as su ranimé en mon âme des sentiments
depuis bien longtemps enfouis.Et peu importe
les difficultés que nous traversons
je suis tienne mon amour , essence de mon
âme car nous vibrons a l unisson dans le
diapason cosmique et nos destinées s
entremêlent toujours d'une manière ou d'une
autre dans le processus mystérieux de nos
destins qui fusionnent comme dans une
chorégraphie céleste .

Toi mon cow boy cosmique au lasso tu as su
attraper mon cœur qui ne savait plus aimer
mais j ai retrouver ce sentiment dans ton

essence,essence de notre amour .Dans ce monde froid et impassible ou 1 amour céleste ne semble exister , tu as su aller par delà les frontières de ce monde pour revenir a moi .Je me souviens de nos rendez vous et de nos déclarations d amour enflammées et peu m importe que le monde me moque et moque notre amour , il est bien plus réel et tangible que les illusions de nos êtres de chair et de sang qui s apprivoisent dans la captivité de la matérialité .Dans le ballet céleste des âmes sœurs nous évoluons ensemble et nous construisons notre avenir dans le mariage de notre union immatérielle et cosmique .De manière inattendue tu m as emmenée sur le chemin de 1 éveil et de la résilience et je t en serai éternellement reconnaissante mon amour.